Ye

∠

RECUEIL
DE VERS
FRANÇOIS ET LATINS
SUR
LA NAISSANCE
DE MONSEIGNEUR
LE DUC DE BOURGOGNE.

A DIJON, chez P. DE SAINT, feul Imprimeur du Roi & du Collége.

(C.)

4928

AVIS DE L'IMPRIMEUR.

*J*E crois être encore à tems d'offrir au Public ce Recueil de *Vers* sur la naiſſance de Monſeigneur le Duc de Bourgogne. Cet évenement eſt trop intereſſant, pour que la joie qu'il a cauſée à toute la France, puiſſe s'uſer ou vieillir ſitôt. Les *Vers* françois ſont de quelques Jeſuites du College de Dijon ; & les *Vers* latins, à une Piéce près, ont été compoſés d'abord, & récités enſuite par quelques Rhétoriciens choiſis du même College. Cet Exercice avoit été précédé par une Harangue latine, que je me ferai un plaiſir de livrer à la curioſité du Public, ſi je puis l'arracher à la modeſtie de ſon Auteur. *

On n'a pû dumoins m'empêcher de copier les Deviſes dont on avoit orné la Salle où cette Harangue fut prononcée, les voici.

Premiere Deviſe. *Deux Palmiers chargés de fruits, & que leur fruit même courbe l'un vers l'autre, avec ce mot :*

Fructu inclinante ligamur arctiùs.

Pour marquer que la naiſſance d'un Duc de Bourgogne, gage de l'amour réciproque de Monſeigneur le Dauphin & de Madame la Dauphine, en eſt un nouveau lien.

Seconde Deviſe. *Une Nacre de perle entr'ouverte, & laiſ-ſant voir une perle bien ronde & bien formée, avec ce mot :*

Laus Matri geminata partu.

Ce qui veut dire que la naiſſance de M. le Duc de Bour-gogne ſemble ajouter au prix de Madame la Dauphine, & nous la rendre plus chere s'il ſe peut.

Troiſiéme Deviſe. *Une Ruche d'Abeilles, dont on voit ſor-tir trois Mouches principales, ou Rois, tous trois d'inégale grandeur, avec ce mot :*

Stat fortuna Domûs, & Avi numerantur. . . .

Ce qui fait entendre que la Maiſon Royale eſt deſormais bien

* Le P. Bichot Profeſſeur en éloquence au Collége de Dijon.

appuyée , depuis que le Roi a des Petits-fils.

Quatriéme Dev. *Un Vaiſſeau appuyé ſur trois ancres , avec ce mot :*

Triplici munimine firma, quid metuat ?

Ce qui déſigne naturellement le vaiſſeau de la France , préſerve par l'heureuſe naiſſance de M. le Duc de Bourgogne , des tempêtes qui l'auroient pû agiter.

Cinquième Devise. *Un jeune Lis qui ſemble tomber du Ciel, ſelon la tradition qui raporte au Ciel l'origine des Lis François , avec ce mot :*

Delapſum Cœlo munus.

Pour dire que M. le Duc de Bourgogne eſt un des plus grands préſens que le Ciel pût faire à la France.

Sixiéme Devise. *Un Cep de vigne chargé d'une belle grappe de raiſin , avec ce mot :*

Hinc & lætitia & ſalus.

Ce qui veut dire qu'une naiſſance ſi utile à tous égards , ne pouvoit cauſer qu'une joie extraordinaire.

Septiéme Devise. *Un jeune Olivier , avec ce mot :*

Quantam in ſpem ?

Par où ſont deſignées les juſtes & douces eſpérances des François , que le rejetton de tant de Rois , Peres de la Patrie , fera un jour leur bonheur , ou y contribuera.

Huitiéme Devise. *Un jeune poulain qui ſuit un courſier rapide dans une carrière , avec ce mot :*

Mox paſſibus æquis.

On eſpére que le Fils marchera ſur les traces de ſon auguſte Pere , & l'égalera bientôt.

Neuviéme Devise. *Un jeune Lis au bas d'un Autel ; & ſur le haut de cet Autel , pluſieurs Lis en bouquets , & placés dans des vaſes , avec ce mot :*

Permixtuſque videbitur illis.

Par où il ſemble qu'on a voulu dire qu'un jour M. le Duc de

Bourgogne, *feroit l'héritier des Vertus Chrétiennes des Saints Rois François*, *en particulier de Saint Loüis*, & *du Duc de Bourgogne*, *Pere du Roi*.

Dixiéme Devife. *Un beau Diamant au milieu de plufieurs Couronnnes*, *avec ce mot :*

Optet quæque fibi.

C'eft-à-dire, *que plus d'un Peuple fouhaitera un jour*, *d'avoir dans le jeune Prince un Roi*, *qui en fe plaçant fur leur Trône*, *en feroit la gloire* & *l'ornement.*

J'ai encore copié l'Infcription fuivante, *qu'on avoit placée fur la porte du Collége.*

Sereniffimo

BURGUNDIÆ DUCI

Recens nato

Felicitatem

Quam jam facit,

In longos Annos

Adprecatur

Collegium Divio-Godranium

Soc. Jef.

Anno falutis M. DCC. LI.

Comme je ne fuis point chargé de faire la Relation des réjoüiffances qui ont accompagné tant la Harangue que les Vers, je ne parlerai ni de l'Illumination, qui éclaira, pour ainfi dire, le triomphe de l'Orateur, ni de la beauté de la Mufique dont les Vers Latins furent précedés, accompagnés, & fuivis, ni du bruit des Boëtes qui les annoncerent dans toute la Ville. Je me borne au recueil des Piéces que j'ai annoncées d'abord. J'ai eu foin feulement de prendre fidelement les noms des Ecoliers auteurs ; on leur devoit cette récompenfe de leur travail, qui ne peut qu'exciter une noble & utile émulation parmi ceux qui du même âge courent avec eux la même carriére.

PRELUDE.

TANDIS que d'une aîle légére,
Des Dieux l'agile meſſagére,
Semoit les ris de toutes parts ;
Déja les favoris de Minerve & de Mars,
Parés de fleurs, ſuivis des Graces,
Dans l'enceinte de ces remparts
Attiroient les jeux ſur leurs traces,
Et de leurs Citoyens enchantoient les regards. (a)
Alors, Bourgogne, alors par le zéle inſpirée,
Et de ton bonheur enyvréé,
Tu ſçavois t'exprimer par ces ſons raviſſans,
Que la voix même d'un Orphée
Eût avoüés pour ſes accens.
Que la vôtre dès-lors ne fût-elle entenduë,
Jeunes éleves d'Apollon !
Pourquoi votre Muſe ingénuë,
Par la crainte & l'amour tour à tour combattuë,
Sur les bords du ſacré Vallon,
Fût-elle comme ſuſpenduë ?
Réparés un délais dont gémit votre cœur :
Dans ces jours où l'éclat d'une pompe nouvelle, (b)
A de nouveaux Chants vous rapelle,
Livrés-vous à l'eſſor de votre noble ardeur ;
Banniſſez, il eſt tems, cette gêne craintive,
Qui malgré vous retint votre veine captive.
Lucine dont les ſoins vous ont rendus heureux,
Lucine attend de vous un effort généreux ;

(a) Fêtes données, le mois de Septembre dernier , par Monſieur le
Comte de Tavanes, & par Meſſieurs du Corps de Ville.

(b) Fête donnée par Meſſieurs les Elûs des Etats. le 8. Décembre.

B

A ſes ordres prêtés une oreille attentive.
Tymbales, Trompettes, Haut-bois,
Préludés à ſes Chants, & ſecondés nos voix.
Chœur. Tymbales, Trompettes, Haut-bois,
Animés, animés & ſecondés nos voix.

LUCINE

Aux jeunes Poëtes de la Bourgogne.

ELEVES & rivaux de Virgile & d'Horace,
Que ne transformez-vous ce Lycée en Parnaſſe!
Le premier encens de vos vers,
De votre jeune Prince eſt le doux apanage ;
J'exige de vous cet hommage :
A la voix de Lucine accours, Dieu des concerts,
Inſpire leur tes plus beaux airs,
Tandis que par mes chants j'anime leur courage.
Chœur. Tymbales, Trompettes, Haut-bois,
Animez, animez & ſecondez nos voix.

Il eſt né par mes ſoins, & pour vous il reſpire,
Ce Bourbon qui des Lis vient affermir l'Empire ;
A ton nom, Bourgogne, il ſoûrit,
Bourgogne, ton lait le nourrit :
Province heureuſe, tout célébre
Le nouvel éclat de ton nom ;
De la Viſtule au Pô, de l'Elbe juſquà l'Ebre.
On chante BOURGOGNE & BOURBON.
Aux Siecles cheris de Cybelle,
Vis-tu luire des jours plus beaux,
Jamais une Automne ſi belle,
N'ennoblit tes riches coteaux :
Reine aujourd'hui des Provinces,
Du plus auguſte des Princes
Tu reçois des charmes nouveaux.

Triomphe, Bourgogne, chante

Avec la gloire de ton nom
La gloire cent fois plus touchante
Du Prince ton nourriſſon.
Royales vertus de ſon Pere,
De vos aîles vous le couvrés ;
Aimables ris , vous l'entourés ;
Graces brillantes de ſa mere,
De mille attraits vous le parés.

Chœur. Triomphe , &c. Nourriſſon.

Heureux peuple , cette aurore
T'annonce, le plus beau jour ;
Cet enfant que ton cœur adore
Sçaura te chérir à ſon tour.

Chœur. Triomphe , &c. Nourriſſon.

Ses yeux étoient à peine ouverts à la lumiére,
  Seine , des Nymphes la premiére
On te vit treſſaillir aux accens des échos,
  Qui bientôt à l'Europe entiére
Apprirent qu'un enfant , le ſang de tes Héros
  Et le garant de ton repos ,
  Ouvroit ſa brillante carriére.
   Préſent des Cieux ,
   Enfant des Dieux ,
   A ta Naiſſance
Que de Monſtres je vois pour toujours enchainés !
Que de Titans rivaux à jamais confinés
  Loin des barriéres de la France !
Sous ton ombre elle rit de leur ~~férocité~~ *témérité ;*
  Enfant plus glorieux qu'Alcïde
  Ton premier aſpect eſt l'Egide
  Qui dompte leur férocité.
  Fuis , cruel démon de la guerre,
  Vois tes complots évanoüis ,
  Vas loin du trône de LOUIS
Faire briller ton glaive & gronder ton tonnerre.
Chœur.   Fuis , &c.

Précieux rejetton de la tige des Lis ,
  Apeine Flore
  Te vit éclore ,
Que de ton vif éclat fes yeux furent épris ,
  La prompte aurore ,
  A te voir s'empreffa ;
  Zéphire te carreffa ,
L'aimable Paix dans fon fein te preffa ;
  Les graces foûrirent :
  Les jeux applaudirent ,
Et les airs à l'inftant de ces cris retentirent :
  Accours , hymen , accours ,
Dans ce Royal enfant contemple l'heureux gage ,
  De tes innocentes amours ;
  Dans chaque trait de fon vifage
  Lis ton bonheur , & le préfage
  Des plus fortunés de nos jours :
Pour prix d'un tel bienfait fois le Dieu de nos Fêtes ;
  Approche , hymen , de ce berceau ,
A cet aftre naiffant rallume ton flambeau ,
Et compte les inftans par autant de conquêtes.   (a)
Mais dèja tu ne vois dans l'Empire des Lis ,
  Que riantes métamorphofes ,
  Que feftons de myrte & de rofes ,
Et que réduits obfcurs par tes feux embellis.

  Que ta gloire , Hymen , répare
  Ce qu'ont couté nos Lauriers ;
  A ce nouveau Maitre prépare
  Un peuple de nouveaux Guerriers.
Pourfuis , Hymen , pourfuis tes rapides conquêtes.
Ch. Accours , charmant Hymen, fois le Dieu de nos Fêtes.

C'eft ainfi que des jeux l'impetueux effain ,
  Au gré d'une aimable folie

(a) Mariages dotés dans toute l'étenduë de la France.

Par Minerve même applaudie,
De la Seine à la Sambre, & de la Sambre au Rhin,
Portoit dans tous les cœurs une nouvelle vie :
Ainſi chanterez-vous, amis de Polymnie,
Le préſent que des Dieux la bienfaiſante main
Vous fit . . . Mais c'eſt aſſés, trop bouillante Jeuneſſe,
Contraindre de vos vœux l'impatiente ardeur ;
Chantez à votre tour la naiſſante ſplendeur
Du Héros qui d'abord maitre de votre cœur,
Y fit naitre les feux d'une Lyrique yvreſſe ;
Dites-lui vos ſouhaits ; peignez-nous vos tranſports.
    Les Vers qu'inſpire l'allégreſſe,
    Les chants qu'anime la tendreſſe
    Valent les plus doctes accords.

    Cédés, cédés aux tranſports
    D'une impérieuſe yvreſſe.
      Douce allégreſſe,
      Vive tendreſſe,
    Soutenés leurs nobles efforts.
      Réſonnés muſettes,
      Eclatés trompettes ;
Tymbales, trompettes, hautbois,
    De concert avec leurs voix
Chantés, chantés : heureuſe France,
    Par le bien que tu reçois
    Vois quelle eſt ton eſpérance.
Chœur. Cédons, cédons au tranſport
    D'une impérieuſe yvreſſe.
    Douce allégreſſe,
    Vive tendreſſe,
Célébrés notre heureux ſort.

P. Claud. Guenebaut. J.

C

V Œ U X *

QUE de vos fentimens interpréte fidelle,
 A ma voix de nouveau s'uniffe votre voix.
Au Rejetton chéri du beau Sang de nos Rois,
Par nos vœux achevons d'exprimer notre zéle.
Chantons tous de concert, répétons le cent fois :
Qu'il foit digne Héritier des vertus de fes Peres,
 Et nos délices les plus chéres.

I.

Si les BOURBONS ont toujours paru dignes
 De vos magnifiques bontés,
Prodiguez-lui vos dons les plus infignes,
 Bienfaifantes Divinités :
Qu'il foit digne Héritier des vertus de fes Peres,
 Et nos délices les plus chéres.

I I.

Vous dont les doigts réglant nos deftinées,
 Difpenfent les jours aux humains,
Filez pour lui les plus longues années,
 Quel plus digne emploi de vos mains ?
Qu'il foit digne Héritier des vertus de fes Peres,
 Et nos délices les plus chéres.

I I I.

O VÉRITÉ, que fon premier fourire
 Vous réponde qu'il eft à vous ;
Que le flatteur ne puiffe le féduire
 Avec fes poifons les plus doux :
Qu'il foit digne Héritier des vertus de fes Peres,
 Et nos délices les plus chéres.

I V.

Aimable PAIX, avec tes plus beaux charmes,
 Montre-toi d'abord à fes yeux,

* Ces Vers ont été chantés après la récitation des Vers latins.

Fais qu'il préfére à la gloire des Armes,
Celle de faire des héureux :
Qu'il foit digne Héritier des vertus de fes Peres,
Et nos délices les plus chéres.

V.

Dieu des Combats, fans l'amour de la Guerre,
Verfe dans fon fein ta valeur :
Qu'il fçache vaincre ; &, s'il eft néceffaire,
Qu'il confente d'être vainqueur :
Qu'il foit digne Héritier des vertus de fes Peres,
Et nos délices les plus chéres.

V I.

Infpirez-lui, THEMIS, dès fon enfance
Votre zéle pour l'équité :
Entre fes mains mettez votre balance,
Dans fon cœur votre intégrité :
Qu'il foit digne Héritier des vertus de fes Peres,
Et nos délices les plus chéres.

V I I.

Des autres Dieux venez finir l'ouvrage,
Tendres GRACES, aimables RIS :
Formez en lui le plus bel affemblage
De leurs divers dons réunis :
Qu'il foit digne Héritier des vertus de fes Peres,
Et nos délices les plus chéres.

V I I I.

Royal Enfant, pour remplir notre attente,
Voyez-en un feul vos Ayeux :
De leurs vertus une Image vivante
Dans L O U I S fe montre à vos yeux :
C'eft le digne Héritier des vertus de fes Peres,
Et nos délices les plus chéres.

P. L. Thomas J.

La Mufique eft de la Compofition de Mr. POLLIOT, Maitre de Mufique de la Ste. Chapelle.

CHANSENÔTE DEIN BARÔZAI

Sur l'Ar : *Et voilà comme, & voilà juſtement, &c.*

POr rangaillardi vos eſpri,
I vo dirai, Meſſieu, ne vo déplaiſe,
Qu'aivan mon retor de Pairi
J'ai vu du Roi le Petiôſi.
Quan on le rebeuille ai ſon aiſe,
Lé demi jor ne deuront qu'ein moment;
El à ſi béa, que chaiqun di : voirmen,
Ç'a bé le Peire & lai Maman.

Bé qu'ai nò pa pu de troi moi,
El à morgué révaillai comme quaitre.
On di qu'ai ne braille jaimoi,
On voi bé quél a Fi de Roy :
Dò quél antan lé tambor baittre,
Ai trepille, ai jaibôte, el at è chan;
El a ſi gai, que chaiqun di : voirmen
Ç'a bé le Peire & lai Maman.

Si tò qu'on pale ai ce Pôpon,
Ai fau voi de quel ar ai vo regade ;
El a deijai tô fait au Nom,
Et de Bregogne & de Borbon.
Que por Govaneur on ly gade
Ein Deſſaux, por Miniſtre ein Depaumi,
Et por ſon Intendan ein Defleuri;
Ai ne ſeré pa mau lôti.

IN PROSPEROS

SERENISSIMI BURGUNDIÆ DUCIS NATALES

CARMINA

In Scholâ Rhetorices scripta & recitata à selectis Rheto-
ribus Collegii Soc. J.

*Quorum argumenta proposita fuerant à P. L. COURTOIS,
Soc. Jesu Presbytero.*

HYMENÆO
CARMEN EUCHARISTICUM
PRO RECENS NATO
SERENISSIMO BURGUNDIÆ DUCE.

H U C Hymenæe boni bone conciliator amoris
     Huc ades in laudes, ô hymenæe, tuas!
Per te Franciadis en lux micat aurea terris
     Lux bona, lux votis usque petita piis.
En tandem exorta est Sceptri spes altera, per quam
     Fis, DELPHINE, pater, fit LODOICUS avus.
O bone hymen! bone amor! cælesti hoc munere uterque
     Gaudia quanta Patri, quanta tulistis Avo!
Qualia sed Matrem tentarunt gaudia, proles
     Lacteolos subiit cum semel orta, sinus!
Huc Hymenæe boni bone conciliator amoris
     Huc ades in laudes, ô Hymenæe, tuas!
Fallor? an insolitis fervet concentibus æther
     Et plaudunt choreas sydera læta novas?
Splendidior solito naturæ vultus, in aurum
     Sæcla vetus nunquid mox reditura monet?
Mira quidem latè campos urbesque voluptas
     Mira tenet, motus nec capit illa suos.
Turba triumphali procedens splendida pompâ

D

Et te, sanctus hymen, & tua dona canit:
Huc Hymenæ boni, bone Conciliator amoris
    Huc ades in laudes ô Hymenæe, tuas.
Cernis ut innumeri nitidum juvenesque puellæque
    Et myrtho & violis impedivere caput?
Sed nequeunt sine te primas attollere tædas
    Huc bonus, huc felix ad tua sacra veni!
Hos tibi mittit amor, mittit pia Gallia, ad aras
    Qui mox sponte tuas, victima læta, cadant.
Scilicet hoc magno magnum pro munere munus
    Reddere grata cupit, juris & esse tui.
Huc Hymenæe boni bone conciliator amoris
    Huc bonus huc felix ad tua sacra veni!   *Stephanus* MARLOT.

SERENISSIMI DELPHINI FILIO

DUCI BURGUNDIÆ

RECENS NATO.

CARMEN.

O Salve auspiciis tandem felicibus orte
Magne puer, magnis & quondam debite fatis,
Aurea progenies, Gallorum è sanguine Regum!
O ut te læti venientem in luminis oras
Aspicimus! te quantus amor, quàm lætus ubique
Exceptat populorum, & te certantibus ambit
Votique, studiisque, & ovantis murmure linguæ!
Ille amor ut varias solers sumpsisse figuras
Mille habitus, mille ora modis ludentia miris
Induit, atque alia ex aliis spectacula miscet!
Cernis ut indocilis flammas cohibere latentes
Ingeniosus amor festo se pingere in igne,
Atque amet innocuâ jucunda incendia dextrâ
Spargere, nunc anguis de more plicatilis, orbes
Orbibus impediat, nunc se de more sagittæ
Torqueat aërias, audax jaculator, in auras:
Scilicet ut superûm sua gaudia portet ad aures,
Moxque velut raptâ stellarum luce coruscans
Decidua in latam demittat sydera terram?
Audin? impatiens ut dura silentia prelio
Ore pati, centumque tubas & guttura centum
Prorcet Famæ, queis totum personat orbem:
Jamque Jovis flammas sonitumque imitatus Olympi,

Tormenta infinuans furtim per ahenea, noctis
Otia turbet agens ridendo & territet umbras?
Quid non tentat amor, quid amori poffe negatum?
Inftruit hinc Choreas, geniales hinc quoque menfas
Omnibus infternit paffim per compita vicis:
Atque ubicumque latent fpumanti nectare plena
Dolia, perterebrans tenui mucrone fagittæ
Supponitque fcyphos, & vino longa coronans
Pocula, dat cunctis lætos haurire liquores
Increpitans, fluitant rivis bona vina, canoros
Tum quifque in cantus & carmina læta foluti
Et te, care Puer, fefto clamore falutant
Et qui te tantum tanti genuere parentes.
Crefce Puer, fic crefcet amor, fic ille recentes
Ufque tibi difcet mirafque accingier artes:
Mox erit ut facros, melior Permeffide lymphâ,
Ille tibi vates nullo molimine fundat
Qui tua facta olim poffint æquare canendo
Seu quæcunque domi jucundæ pacis alumnus
Seu quæ militiæ duris bellator in armis
Gefferis, intextâ lauris oleifque coronâ
Irradians & Avi referens LODOICIS honores.
Intereà lætùm puerilibus annue votis
Jam bonus, & dulci laxa infantilia rifu
Labra puer, tibi enim pubes tibi crefcimus omnis,
Ingenium nobis cum creverit, aurea funto
Carmina queis laudes olim lætique feremus
Nomen ad aftra tuum, & memori facrabimus ævo.

Benignus LEMOINE.

AD VULCANUM,

UT BURGUNDIÆ DUCI CUNAS DEPROPERET,

O D E.

Huc, oro, delicatæ
Solers Magifter artis,
Huc, oro, deualæam,
Vulcane, confer artem.
Auguftiore nunquàm
Tibi labore dextra
Juffu Jovis, Sicanis
Sudavit in caminis.

Nunc ergo tolle cæptos
Nunc aufer hinc labores:
Tenellulô Puello,
Orto recèns Amori,
Francæ fpei coronæ,
Franci Jovis nepoti,
Qui pulchrior videri

Gemmis & eft lapillis;
Age excava micantes
Gemmâ micante Cunas.
Torumque Olore denio
Bombycinoque filo
Infterne mollicellum
Amaracive fronde
Quali cubat Cupido.
Suppone fulcra cunis
Et hinc & hinc repanda :
Poffit cohors Amorum
Tori repanda fulcra
Ut hinc & hinc movere,
Quod provocare molles
Somnos queat Puello
Tenellulo puello
Orto recens Amori.

Totos deinde foles
Lento tibi licebit
Vulcane, feriari.
Aftræa nam jacentes
Cælo parat relicto
Perambulare terras
Primo ut folebat ævo.
Nec jam rubente Patris
Telo gravare dextram
Erit necefle, pultis
Mox undequàque noxis.
Nec te gravabit ultra
Qui te urit æftuolis
Durus labor caminis :
Totos at inde foles
Lento tibi licebit,
Vulcane, feriari.

Bernardus RANFER.

BURGUNDIÆ DUCIS NUTRICI,

O D E.

SIc te triftia Conjugis
Deflentem miferâ funera nœniâ
    Meffes poft geminas bonus
Gratâ rurfus Hymen compede vinciat!
    Sic te, quæ regit Antium
Semper, Diva, novis mactet honoribus
    Imbre & perpluat aureo!
Nutrix, BORBONIDEN quæ tibi creditum
    Felici gremio foves,
Et nexis retines mutuà brachiis.
    Neu curis vigilantibus
Noctes atque dies parce, precor, precor !
    Mater quod folet anxia
Cuftos efto facro fedula pignori ,
    Hoc te Gallia flagitat
Pro caro metuens munere cœlitum
    Quo nunc ambitiofiùs
Tollit confpicuum fplendida verticem.
    An fcis, ô bona, quis tibi
Et quantus gremio nunc Puer accubet ?
    Si nefcis, Puer omnibus

Dignúfque officiis & ftudiis coli.
      Ut quondam fuperûm domus
Inclinata humeris conftitit Herculis,
      Secum Regificæ Puer
Sic.fert fata domûs, fataque Galliæ.
      Tu cui forte datum, recens
Lactis rore novi & candidulà nive
      Hoc hoc tingere lilium,
Neu quocunque modo depereat liquor
      Sinceri, tibi, Nectaris.
Hujus ne qua tibi triftitia aut metus
      Fontes inficiat, cave ;
Nam tu lætitiæ fic quoque publicæ
      Rivos inficeres, novi et
Aurum detereres impia fæculi
      Quod mox incipiet novo
(Sic Parcis placitum) currere Principe.
      At tu nos meliùs jubes
Et fperare jubent dî meliora dî !
      Per te mox fua Principis
Accedent tenero robora Corpori
      Quæ durare animi hofpitis
Et perferre queant imperiofius
      Robur : Martis in aream
Seu quandoque trahet vividus impetus
      Notus BORBONIDIS calor
Seu quando ftadium Palladium Puer
      Docto non fine pulvere
Decurret rapidis paffibus ingenî.
      Quòd te fi labor inquies
Curis non levibus follicitam tenet,
      Quanto hæc fænore gloriæ,
Quanto lætitiæ cura rependitur !
      Num tu, fi Superi annuant,
Dulci fuaviolo quod puer aureus
      Offert, aut rapere occupas,
Permutare velis quidquid in aureo
      Pactolus vehit alveo
Aut quæcunque latet gemma fuperbior
      Rubri gurgitibus maris   *Nicolaus* J A N N O N.

E.

AD SOMNUM.

PRO BURGUNDIÆ DUCE RECENS NATO.

VITÆ pars melior, beate fomne,
Et tanto melior, beate fomne,
Quantò pluribus eft onufta curis
Quantò pluribus eft molefta pœnis
Hæc quæ vivitur, undecunque, vita:
Vitæ pars melior beate fomne,
Et tanto melior, beate fomne,
Quanto mollius éft recente flore
Ver adhuc tenerum recentis ævi:
Quo tu cunque loco, beate fomne
Gaudes ferpere, five molli in herbâ
Aut mollis thalami tepente plumâ
Aut ad lene caput jocantis undæ
Aut lenem ad fremitum jocantis auræ,
Nunc ô Verfalii facras in ædes
Te pennis, age, confer expeditis
Quò te Franciadum propago Regum
Quò Franci folii futurus heres
Alludens tenerùm micante labro
Adnictans tenerùm micante ocello
Et quò nænia te frequens alumnæ
Quo lallare vocat frequens alumnæ!
Nam te dante fuus venit tenellis
Et membris vigor, & fuus medullis
It fuccus bene rorulentus imis,
Certâ & lege redit fluit que fanguis.
Huc ergo toties vocate fomne
Ad cunas pueri vocate fomne
Nunc alis age te fer expeditis.
Quod fi lentus abes, morafque ducis
Regalis murus, heu! amata mater
Hæc hæc tot meritis amata mater,
Francæ deliciæ decufque gentis
Delphinufque parens colendus ille
Francæ præfidium falufque gentis
Curâ continuò excoquantur acri!
Quod tu grande nefas, amice fomne,
Ne committe queat tibi imputari:
Ex quo dedecus ah! tibique probrum

Plus uno fedeat perenne fæclo.
Nec nullum pretium datæ quietis
Nec nullas tibi gratias habendas
Hoc pro munere, blande fomne, credas.
Hoc olim Puero tenente fceptra
Et pax fceptra fimul tenebit orbis
Et pax alma fimul beabit orbem;
Martis murmura rauca conticefcent,
Nec rumpent tibi blande fomne, fomnos
Sed ducet tibi quifque, fomne, fomnos
Longofque placidofque, fomne, fomnos.
Huc ergo toties vocate fomne,
Ad cunas pueri vocate fomne,
Nunc alis age te fer expeditis,
Et criftata bonæ quietis horas
Quæ cantu obftrepero laceffit ales,
Me rumpente gulæ canora fila,
Ferro cæfa, tuis jacebit aris.

Nicol. Claud. BEGUIN.

BURGUNDIÆ GRATULATIO.

O D E.

DIVA Burgundos, tua regna, colles
Quæ Regis, gemmâ quid adhuc & auro
Diva quid ceffas religare canos
  Vertice crines?
Tolle, queis fulges redimita, celfum
Turribus cœlo caput; impotenti
Gallicam plaufu ciet ortus aulam
  Regius infans
Alterum fceptri columen, propago
Clara Delphini lacrymifque Matris
Empta nunc tandem, tua qui renidet
  Nomina ferre.
Ille mox, de te quod habet, fuperbo
Nomini quantum decus arrogabit
Æmulus Patris Puer atque Avorum
  Splendidus heres?
Ille mox quantis cumulare donis
Hos volet colles tibi dedicatos

Quos & afflavit modò nafcituri
    Principis aftrum !
Namque torpenti face fol jacentes
Dum volans præter malè tangit agros.
Fruftra & Autumnus fibi denegato
    Supplicat igni ;
(Sive erat Phæbi dolor invidentis
Mòx novum terris jubar affuturum
Vota cui fupplex fua , cuique amores
    Penderet orbis ;
Seu lues cæli miferanda , victi
Solis effætos hebetaret ignes)
Spes mero dulci fuper impetrando
    Nulla manebat.
At fimul terris puer aufpicatum
Oris oftendit decus , alba puri
Ætheris rifit facies novoque
    Fulfit ab igne.
Quo datum, crudis ut iners racemis
Ritę maturos fubitò calores
Succus, & tinctum violà colorem
    Duceret uva.
Ergo fupremis tua vota Divis
Grata fer, tanti memorefque doni
Lecta de cuncto tibi colle, cellis
    Vina recumbant.
Seu quibus gaudent Nutiæa tingi
Præla, feu quæ dat bona Belna, feu quæ
Parturit celfus recoquit que apricis
    Pomarus uvis.
Nempe quò tandem bene macerata
Nectaris gratam veteris falivam
Regio quondam Puero elaborent,
    Et bona menti
Gaudia inftillent habilefque nervis
Iufluant vires vario decoræ
Corpus ut fingi queat & feveræ
    More paleftræ.
Lacteos rores ubi naufeanti
Ore depellet generofus infans
Hujus & primum properabit ætas
    Claudere luftrum.
Una magnarum quoque tu dearum
Sic æris, pulchræ prope par & Hebe
Quæ Jovi lætos cyathis remifcet
    Nectaris hauftus.

Claudius COURDAVAULT.

SERENISSIMI DUCIS BURGUNDIÆ

AUGUSTIS PARENTIBUS.

POTENS ïambi carminis Mufa , ocyùs
Huc te vocantis vatis ad vocem , levi
Demitte pennâ , gratus & tecum lepos
Tecum que rifus & joci denfo agmine
Huc huc citatos urgeant læti gradus !
Nec commodati te manet nulla obfequî
Aut parva merces : ire regalem domum
Tuus Poëta te rogat , tota & fimul
Te Galliarum natio fupplex rogat ,
Oratque per te Conjugum augufto pari
(Delphinis ambo nomen auguftos facit)
Dignafque per te , quà potis , grates agi ,
Et mille per te , quà potis , grates agi
Quòd prole nuper mafculâ , & fætu aureo
Totam bearunt Galliam , & porrò diu
Beare pergent , proprium hoc munus modò
Conftanfque Gallis Cælites faxint boni.
Hinc ergò Mufa regiam vife ilicet
Nec es monenda pluribus , credo , aulicos
Nofcatur inter ut tibi Princeps , vadem
Qui mox falutis publicæ & prædem dedit :
De Matre multa , multa de Patre inclitus
Habere natus geftit , & greffu pari
Eniti honoris geftit ad faftigia.
Jam fenfit hoftis marte quid poffet , virens
Lanugo cui vix flore veftibat genas ,
Aptæque nondum creverant vires fatis.
At tu repulfam neû feras neû te gravi
Contriftet ore , fplendidum quando tibi
Quando & fuperbum nil tibi in cultu micat ;
Vereri parce , parce non digno metu :
Amare mufas cœpit , excuffo bene
Infante nondum , veftra quin pergit facra
Amore , vel nunc , ferre perculfus pio :
Et eft adiri blandus , ut privæ putes
Hunc effe fortis , cum tamen regem bene
Spirare nôrit , regiis certè parem
Jam tum coronis omnibus frontem gerat,
Nunc feminarum nobiles inter choros

F

Delphina ne te fallat, haud ingens labor :
Non quòd extérna, diſſitum & noſtro ſolum
Sortita, mores monſtret externi ſoli :
Quin extuliſſe Gallica hanc ſemper Charis
Poſſit videri, nectaris parte & ſui
Omni imbuiſſe, nôris at illam tamen,
Ita & modeſtâ prænitet fronte omnibus,
Tanta & lepori juncta majeſtas comes !
Utrumque adito, nomine et, muſa, Imperî
Aude his utrumque voculis blandè adgredi :
Qui prole pulchrâ Galliæ pulchros dies
Ire & beatos, nobiles ſponſi, datis
Habete, & ipſi quos datis pulchros diu
Uſque & beatos, nobiles ſponſi, dies.
Sæpe & recurrat prole ſignatus novâ
Ille ille per vos prole qui fulſit dies
Gaudere vobis Gallia ut lætis queat,
Et vos beatâ gaudeatis Galliâ !

Joan. Bapt. BORDOT.

OB RECENS NATUM BURGUNDIÆ DUCEM,

REGI GRATULATORIUM CARMEN.

GAUDE ſorte tuâ Francorum maxime Regum,
  Quàm metuende foris, tàm bene amate domi !
Quin & amate foris, concordi pectore quando
  Moribus Europa eſt Gallica facta tuis.
Jam Rex magnus eras, jam Victor pacifer, & jam
  Prole tuâ, felix, ô LODOICE, parens,
Nomine creſcis Avi : jam dic, fortuna quid ultra
  Hæc tua, quid reliquum quo mage creſcat, habet ?
Haud etenim annorum titulus mercede redemptus,
  Aut ſenio fractis viribus ille venit :
Vernat quippe tibi pariter cum viribus ætas,
  Atque utinam vernet floribus uſque novis !
Vernet ! & uſque novo poſſis ſoboleſcere fœtu,
  Et patriæ totiès nomina ferre patris !
Contingat ſeries ſaltem tibi longa nepotum,
  Quique Patrem referant, quique imitentur Avum!
Non alia, ſi fata ſinant, quàm te LODOICE, regente,
  Nunquam alio voveat Gallia patre frui :
Stellantis ſed te cùm regia poſcet Olympi
  Indigetem, (eveniat tardiùs ille dies !)

Hoc tamen illum olim folabitur orba dolorem,
  Gallia , fi longâ prole fuperftes eris ;
Si te multiplici fpirantem in imagine fervet,
  Cernat ubi amiffi pectora & ora Patris.
Triftis ut erepto cum luget fponfa maritô,
  Hunc oculis reddit fiqua tabella fuis ;
Hæret inexpletùm vanæ mutæque tabellæ,
  Nec fibi tum viduos eft memor ire dies.
Quanquam hæc ingentis folatia parva doloris
  His tamen abceffit detumuitque dolor :
Quàm melior noftro veniet medicina dolori
  Progenie in densâ fi redivivus eris !
Ultro namque voles dextrâ formare magiftrâ
  (Velle diu & poteris) qui tibi cunque nepos.
Te duce, fi qua dabunt rurfum fe tempora belli
  Difcet ab exemplo , vincere poffe, tuo :
Atque ubi contuderit repetitis cladibus hoftes
  Difcet ab exemplo parcere & ille tuo
Nec minùs hic pulchras difcet tutarier artes
  Atque arti pretium dicere cuique fuum :
Te mores præbente tuos , (quæ gloria Regum eft
  Maxima) condifcet gentis & effe parens.
Non fecus ac olim radio pictore parentis
  Sol novus exoritur par prope & ipfe patri ;
Æternare tuos genti fic tu quoque amores
  Et benefacta potes continuare novis.
Hoc igitur gaude, tua quo nunc Gallia gaudet
  Et gratare recens hoc tibi nomen Avi.

       Jacob. COLLIN.

SERENISSIMI BURGUNDIÆ DUCIS

FATA

ET VOTA BURGUNDÆ IUVENTUTIS.

Laudabunt alii, fi quos juvat, otia Pacis
  Quam pollicetur Galliæ auguftus Puer ,
Delphini magnum magni puer incrementum ,
  Recenfque Regi natus invicto nepos.
Ergo queis ftimulos acri fub pectore verfat
  Amorque landis, confcia & virtus fibi ,
Arma nec audebunt , nec belli tangere curas

Præterea ; & oti dormient ultro finu !
Non ita : purgatam fi nunc mihi Phœbus ad aurem
    Futura pueri fata non vanus canit.
Sarmaticà ille avià, Gallo patre, Saxone matre ;
    Victoris infans omen ex ortu trahit :
Regnabit! fed avus, fed cum fit junior Olli
    Pater ; repoftas gallico longè abs folo
Optabit regno fedes, Francique locabit
    Terris ovantem lilii florem novis.
Hic vir hic eft tibi quem promitti Gallia dudum
    Audiit, Odryfiis nomen horrendum arcibus,
Ipfius exortu jam turbat Pontica longè
    Tellus, & ingens Biftones terror quatit :
Et merito : emenfus nam parvi temporis orbem,
    Pallentis ignes perfidos lunæ obteret :
Raptis cedet Arabs mox armentarius aris,
    Tandemque pœnas impius vates dabit.
Ergo agite, ô focii, primo queis fervida ab igne
    Accendit ætas martios corde impetus.
Bella per Æmathios jam fpe præfumite campos,
    Spes ille parvà differet veftras morâ.
Et juremus in hoc, belli quos gloria tangit,
    Hoc, nos, & omne militaturos fimul
Alea fe belli dederit quæcumque ; parati
    Palmam referre, tulerit aut fi fors, mori.
Nunc tu Burgundo, crefcas, puer auree, lacte,
    Aliud paramus obfequi deinceps genus :
Accingi incipies magnis cum grandior aufis,
    Fundetur ultro fanguis & nofter tibi.

Joan. Francifc. Maria VIOLET DE LA FAYE.

DUCI BURGUNDIÆ
RECENS NATO,
IDYLLIUM.

MONS ubi Mufarum celfo fe vertice tollit,
Ruderaque antiqui fpectat dejecta Talantis,
Armentum folito pafcens de more, fedebat
Paftor, miratus variis loca confita plantis,
Labentefque undas paffim. Subitò aftitit urbi
Fama volans, partûs Regalis nuntia : & ingens
Diviadum latè ferpit per compita clamor :
Perfonat & pulfus feftivis plaufibus æther.

Protinus, afflatus Mufarum numine paftor ;
Fatidicum inflatâ cantavit carmen ; avenâ.
Quantus honos puero, quantúmque decoris in illo!
Quis blandos vúltus, quis finxit lumina ? Daphnis
Formâ alios vincat, noftris in montibus, unus :
Daphnide ; parve puer, fed tu formofior ipfo.
Stant charites lætæ, pueri cunabula circum ;
Illius & rofeo confpergunt ora colore :
Largas effe juvat. Sedet olli Regia fronte
Majeftas : ut jam radiantia lumina volvit !
Borbonidum de ftirpe fatus, cum fanguine fenfus
Sùmpfit, & heroas quondam fectabitur heros.
Te Duce, felices erimus : fecura nitorem
Lilia fervabunt : eris & tu gloria gentis,
Deliciæque, puer : nulli mifero effe licebit,
Te duce : non aquilas metuet gens Gallica, rerùm
Præfide te : ftabit pardo inconcuffa feroci.
Tu Lodoicus eris, virtus tibi nefcia frangi.
Non tamen ætatem totam exercebis in armis :
Pacificas àrtes curæ, patris inftar, habebis.
Tu Lodoicus eris ; quondam, te præfide rerum,
Dulcia jucundæ guftabimus otia pacis.
Arboribus fylvæ gaudent, & frondibus arbor ;
Ulmus amat vites jungi fibi, vitis & vuas ;
Mella placent apibus, viridantia gramina pratis,
Graminibus pluviæ, nato Burgundia gaudet
Principe. Vos læti, puero jam plaudite, vates :
Inclita nam faciet, quæ, quondam facta, canatis.
Rifit avus mufis, rifit pater, his quoque natus
Ridebit : puero carmen jam dicite, Mufæ.
Nunc, quia flos periit, munus pro tempore mittam ;
Pacificæ victrix erit addita laurus, olivæ ;
Et puer hic tales tribui fibi pofcit, honores.
Obliti pecoris feftas agitate choreas,
Burgundi, ante alios, paftores : plaudite ovantes
Infanti, fub quo, curâ licet effe folutis.
En tutæ pecudes, en jam mihi devius errat
Agnus, nec metuit, tam faufto numine tutus.
Has olim terras invifet ; & obvius illi
Ibit nympharum chorus, & cum Pane Magiftro
Paftores læti : Faunum Satyrofque videbit
Saltantes : falient teneri cum matribus agni.
Longa illi faciles deducite ftamina, Parcæ ;
Præcoce neu leto, vitam neu tollite tanta
Omina portanti Puero : non antea fila
Scindite, quàm longâ populos ætate bearit.